三年有半

内藤 明

歌集

砂子屋書房

＊目次

Ⅰ　2019年暮〜2020年

装本・倉本　修

歌集　三年有半

I

2019年暮〜2020年

雨の日曜

若き日に見ざりしジャコビニ流星群夢幻となりて眼交を降る

この二年使はずありしペン先がゆふべふるへてたましひと書く

満天星《どうだん》は陽に向く方《かた》より色づきぬ沼のほとりを歩みてゆかむ

黄ばみたる明治の恋の記されしページを開く食卓の上

校庭に腹話術師のあらはれて哀しき旅を語りはじめぬ

避難指示告ぐる車がのつそりと通り過ぎたり雨の日曜

逃ぐる場所ありと思へず散らばりしノアの家族と生き物の種

入間川《いるまがは》高麗川《こまがは》毛呂川《もろがは》越辺川《をつぺがは》越えて逢ひたり都幾川《ときがは》の辺に

少しづつ汚れてゆくを楽しまむ鞄《かばん》　靴《くつ》　鞠《まり》、手帖　うつしみ

ゆつくりとあなたの希望を聞きませう金の銀杏は風にささやく

歳晩

あれやこれや言ひ訳ばかり考へてあはれ今年も師走となりぬ

高く低くオルガンの音は壁に震へ降誕祭のちちははの影

新しき靴履きて立つ街角にわが望郷の方位をさがす

アナタノコトガワカツテキマシタわかつてたまるかデーターを消せ

終焉が見えはじめたといふ人と（久しぶりだな）燗酒を呑む

いつの間に手馴れし皮の手袋か素手よりうまく鍵を回せり

欲しいもの望むことなど書き置きし脳《なづき》の棚が消えてしまつた

よきことの兆し重なる朝なれば左足からのぼる石段

かぎろひの春

夕空に裸の公孫樹直ぐ立てり写し出された肺腑のやうに

どこからか水が迫れば身を起こし闇に左右の掌《て》を開きたり

暖冬は何の前触れ中世の旅の一夜の契りをおもふ

蝙蝠《かうもり》が運びし菌といふ噂《うはさ》立春過ぎて風の運び来

新しき袋買ひたり　風を孕み海を渡りし帆布の鞄

五十年耳に残りて鳴き交はす出雲の岬の海猫の声

心臓の垂れゐる象《かたち》　赤色の勾玉ひとつ海馬に浮かぶ

確かめておかねばならぬことがある妥協を重ねし歳月の後《のち》

文明は麻疹のごとく東漸す　諭吉は言へり亜細亜の涯《はて》に

やはらかきみづがね色の灯《ひ》を受けてこぶしの花は虚空に揺るる

人間の作りしものにあらねども人が伝へきウイルスも神も

来てみれば今年も咲けり埋《うづ》もれし石器の上に堅香子の花

あそこにもここにもひとつカタクリの薄紫の花がうつむく

振り向けば退路なき春　人をらぬ桜の園を斜めによぎる

四月七日零時五十分、妻の母大里比佐栄永眠

みまかりし人の黒子を見てをりぬ終《つひ》の施設の出口に立ちて

やや西に浮かぶ満月　裏山の桜一樹と今宵目合《まぐあ》ふ

冷やされし死者の額に手を触れつ幽明分かつぬくもりふたつ

八十神《やそがみ》の隠れる杜《もり》に西方の神を禱れり、風吹くなゆめ

感染を怖れ逢へざるふた月の後に尽きたり義母の命脈

同日、感染症緊急事態宣言

見えざれば見えざる影を隈取りぬ戒厳令また国家総動員法

湯灌とふ儀式を終へてビニールの脚絆の紐を固く結びぬ

告ぐるべき人もあらねばただ二人母の柩に花を入れたり

帰れない世界となるやおびただしき柩の列を画面は映す

少しづつ日々の記憶の消え去りて昨日《きのふ》が今日《けふ》となる夕まぐれ

はなみづき街路に咲けば下をゆく人も車も言葉も動く

手を洗ふ

自転車を押して歩める土の道犬行き人行き草は語らず

大学はパンデミックのために閉鎖。
日々家にありて、遠隔講義の動画を作製。

家籠もりオンデマンドの動画撮る七曜にして七曜ならず

模造紙で書棚を隠し自撮りするわが声わが顔隠すすべなし

遁世を願ひしことの傲岸よ身を削ぐまでに手を洗ひをり

山あひのホームに義母のをらざればたどることなし川沿ひの道

親四人送りおほせて卓上に桃と蜻蛉《あきつ》の猪口を置きたり

白百合はいづこに咲くやわが庭に花を鎮むる祭をなさな

漠然と描きし二十一世紀の日常をCOVID-19が侵しはじめぬ

飛び石を渡りて逢はむ　それぞれに佳き名を持ちて群れ咲く菖蒲

白色の菖蒲のむからうに身をかがめ君は写真を撮りてゐるらし

たぶんきつと音信なきはよき便りさう思ひつつ今年も半ば

さびしさを互みに抱き過ぎ来しやソファーに拾ふ飼ひ猫の髭

頭

顔といふ面《めん》の真中に穴ふたつ穿ちて高く隆起するもの

ただよへる言葉の飛沫　幾万のマスクが塞ぐ幾万の口

明けぬ夜、暮れぬ午後などなきものを長鳴く鳥の声の鋭し

震災の一夜のことを語り合ふ俺たち三人　九歳《ここのつ》老けぬ

乾きつつたどる月日の源に何かがあるといふにあらねど

自らを欺きながらすこしづつ崩れてゆくか脳も組織も

両の手で覆へど洩るる蠟の灯に揺れて消えゆく死者たちの顔

窓の周辺

籠り居の皐月水無月　窓型の空に今年の梅雨入りを知る

腕ひろげ上半身を反らすとき洩れくる音はわがものならず

指先でくるり回せど噛み合はぬサッシのカギは鍵にあらざる

連子子《れんじこ》を窓に嵌め込み見えるやう見えないやうなニッポンの闇

子規庵のガラスにうつる鳥籠に鳥は鳴きしや朝な夕なに

窓辺より入り来るならずかぎろひのウイルス、電磁波、月よりの使者

あいまいを許すことなくシステムは二進法にて組み立てられつ

途切れてはまた浮かぶ顔　羊《ヤン》さんはいづこの部屋のパソコンの前

石の壁の小窓を塞ぐ混凝土《コンクリート》二十世紀の見せ消ちとして

窓の中に開くことなき窓がある一枚の絵に霧の降り来る

窓枠の端に溜まりて垂れ下がるぼろ切れ、かつてレースでありき

マウスとルーペ

半年の記憶はおぼろとなりゆくを籠もれる日々をたのしむごとし

始まりのベルを遠くに聞きながら慌てふためき終はりとなりぬ

電脳と繋がるマウスがあばきゆくこの国の闇　僕たちの過誤

一日づつ先に延ばしてゐるうちに忘れてしまふこともあるべし

都市封鎖、国境閉鎖、見殺しの刑　地球の上を虚偽《フェイク》が走る

恥《やさ》しさを一枚、二枚剝ぎ取つて裂かうか虚ろな芯となるまで

大切な人と事とを探しゆくルーペの下のいにしへの地図

後ろよりそつと迫れるものならず滅びの予感は真横を走る

なぶられてそれでもヒトは生き残り新たな街を造りはじめき

オンライン

ひねもすを猫と話してゐる君の猫語がときどき聞こえてきます
わゐうゑを和語しか話せぬわれのため立派な髭を二本ください

涼む場所ときどき変へてこの家の獣はごろり四肢を投げ出す

みぎひだり洟をかみまたひだりみぎ洟をかんではティッシュをたたむ

コロナ後が来ぬことと願つてゐるやうな昨日と同じ日のたそがれや

生活の時間を領すオンラインにたゆき身体《からだ》が乗りてゆくまで

見上げれば午後の日高し町なかに残りて鳥と遊ぶ槻の木

感染《うつ》るのは怖くはないが伝染《うつ》すのを恐れて今日も人に逢はざる

いましばし眠りて待たむ茂り合ふ生命の樹に実の色づくを

行く秋を愉しみながら広縁に酒呑み交はす時代がありぬ

奥美濃

いづこにも大和はあれど奥美濃の大和の里に時雨降る見ゆ

遠き日に訪ねそのまま忘れゐき古今伝授の里の庭跡

相ともに聞こゆることが歌なりと今こそ思へためらひながら

如何やうに和歌史の後は記されむいまだ終はらぬ近代の果て

伸ばしたる麒麟の首にあらざりき古き文書の信長の花押

はるあきの短くなるを嘆きつつ秋の真中に冷や酒を飲む

晴れわたる今日の川瀬の音高し秋は山より深まりてゆく

手を取りて郡上の城に登りたり今は亡き人、遠くある人

肉うどん

ひねくれて世にはばかるを幾分の快感として頭上の鴉

辻褄の合はぬ記憶を手繰り寄せ焙り出したり咎《とが》も善意も

おほよそは未来に関はることもなく過ぎし年月、思へばはかな

奥の歯の隙間を舌で確かめてしばし時間の止まれるごとし

勝ち負けに熱くならざる性分は生来なれば変へる術なし

死にたりと思ひし人が現れぬ　わが殺ししは誰であつたか

太き麺細き麺ある肉うどん写真を見ながら細きを頼む

かたくなに拒みゐるとは見えぬらし弱さはたぶん狡さの証し

ただよふ

液晶に今日の予定をうつし出しうつらうつらと境界にをり

右へ切る形のままに三輪車路上にありてだあれもゐない

境内の公孫樹の下に歩み来てひとりで踊る脱力体操

大方の葉が落ち虚空に晒さるる幹と枝との直截は見よ

本当にそこにいますや彼《か》の人は姿も見せず意志も示さず

入院をしてから急に衰へし母の海馬を受け継ぐわれか

反撃に転ずる際《きは》をつかみかね話題は次に移りてゆきぬ

どの辺に重きを置くかが他人様《ひとさま》と異なることにやうやく気づく

正午とはうまの刻なり連れ合ひと海鮮たつぷり太巻きを食ふ

薄ら陽の射す日の好けれ新しき自転車に乗り川を見にゆく

さしあたり困らぬゆゑに解《ほど》かざりき絡み固まるコードとコード

半世紀前に憑きたるものの影　お膝の猫は静かにわらへ

あれやこれや防ぐ対策異なれり飛ぶミサイルと漂ふ菌と

目に見えぬ鬼をやらふと引き戸より師走の風が通り過ぎたり

降りたいと小さな声で叫びゐる少年ありき満員電車に

煮詰まつて泡ふく昨日の味噌汁に冷や飯を入れ杓文字で崩す

II

2021年

花と憂ひ

垂直に降り来る雨はたちまちに白き梅咲く幹を濡らせり

孤島にて日を刻むごとくカレンダーに昨日と同じ印を付けつ

今日一日出でず語らず呑まざりき身中深く灯るアラート

鳥の声聞き分くるためいつよりか北の窓辺にメモ帳を置く

保証人のわれが捺印せよといふ子の手紙来てしばし安らぐ

百年後今を思はばいかにあらむキッチンに飲む一杯の水

震災の春にわが見しみ吉野の花は夜空を流れゆきたり

人影のふつと絶えたる未来都市ここがわれらのふるさとである

見えぬもの匂はぬものに魅せられて火を点したり太古も今も

とほき世の記憶の中の廃屋は今つくりたる夢かもしれぬ

ヒトが樹の齢を越ゆる風景を描く術なし人のをらねば

ため息は酸素を補ふ生理なり肋骨ひらき笑ひをわれに

流されて形変へゆく春の雲茜さすまであそべ、眼と鳥

日々何を考へ生きてゐたりしや闇のむかうの一年前は

かすかなる音する方に歩みゆくゑまひ初めたる桜なるらし

いつよりかソファーの上に置かれある青き表紙の句集一冊

箍が外れて

もらひたる望遠鏡を筒に入れまた取り出して飽くこともなし

わが樽の箍がはずれてあふれ出すうま酒ならば飲みてもみむを

旅に行くこと叶はざる一年間二十世紀の汽笛はさびし

幽明の境の川をいつか越え風の吐息を全身で聴く

岩の上ぴよろんぴよろろん跳ね回る蛙の足を摑まむとする

目覚むれば胸処が寒い　薄明にいまだ間のある床上ならむ

眠るためボタンを押せば流れ来る川のせせらぎ鳥のさへづり

梢より静かに風が吹いてきてそろそろ荷物を下ろす頃です

縁側にいちにち猫と話してた昨日のことはみんな忘れた

たぶんこれは躁だと思ふ午前三時ずんずん頭が進んでいくよ

巻き戻す既視感の渦　眼底に広がつてゆくむらさきの染み

地のうめき空のささやき這ふものは首をもたげて明日を見てゐる

猫のひらき

一つ覚え二つを忘れ楽しかりきのふ知りたるネットの言葉

わが視線動かすままに付いてくるゴミのやうなるものに疲るる

躁と鬱のあはひにぽつかり開きゐる口があるらし人を食ふ闇

窓口に言葉交はせば兆しくる理《わり》無き怒りを財布に仕舞ふ

笑ひながら己の価値観押しつける人と思へりわたしもさうだ

おそろしいものに触れたる指先の拭へど拭へど増し来る赤み

液晶の画面に区切られ並ぶ箱わが顔あればわれは目を伏す

妻がいふ先に呆けたる方が勝ちどうやら俺は勝つたらしいな

無防備に四肢投げ出して畳には猫のひらきが時々動く

忘るるを忘る楽しさ一杯の梅酒ロックに身はほぐれゆく

だんまりを決むるにあらずとりたてて言ふべきことをわが持たぬゆゑ

社会的距離《ソーシャル・ディスタンス》

放たれて距離こそ力　レノン忌にたましひ二つめぐり合ふまで

前へ倣への「へ」と「な」の間にそれぞれの時間がありて校庭の朝

懐かしい人の名前が出て来ない友との電話のその友の名も

昨日とも一年前とも異なれり近づきて見る壁の傷跡

ロボットの僕はゆつくり身を起こし闇に開きぬわが手わが口

集まりて祈りたるのち傘を差しこの世の人はいづこに帰る

三十年同じ公孫樹を見上げたり樹皮の内なるものに触れつつ

遠い夏の記憶

ゴム無しの靴下選ぶスーパーに人影あらず午後三時半

目を開きまた目を瞑り眼球にしばしば動くものを追ひたり

夏草の陰に寝ころぶ白猫を二階の窓よりひとり見てゐき

一つづつ言葉喪ひゆく日々の高きにありて向日葵三輪

ウイルスは精巧なれば後ろよりヒト、電脳にそつと触れゆく

だんだんと文字が乱れて返信の葉書三枚書き損じたり

過ぎぬればば忘れられれゆく終末を幾たび越えて終末にをり

無愛想な貌と思ひし犬なりき今日よく見ればば羞ぢらふ目元

押し入れのアルバムの中にゐまふ、ゐまふ　二十世紀の家族の写真

逢はざれば逢はざるもよし日の落ちて空にうつすら半月を置く

またひとつ不安の種を探しゆく記憶の襞に分け入りながら

半世紀わが身にひそむ悪霊の祓へど祓へど夢に出で来る

おほかたは毀れて逆さ　海中にゆらりゆうらり龍の落し子

良き夢を見むと真白き錠剤を口に含みて波音を聞く

一面にひつかき傷の残りたるわれの背中を私は見ない

既視感の中の既視感　消えていく記憶、感情　氷上の椅子

注ぎゆく発泡ワインの音微か巣ごもり夫婦の夕飯《ゆふめし》の卓

画面には今日の出来事　冷笑は苦笑に変はりカラカラ笑ふ

一年遅れての東京オリンピック

ニッポンの選手とデモを追ひかけるテレビを消して寝に就かむとす

亡き父に戦《いくさ》を聞かず　愚かしく戦後を了はらせこの無力感

乗り換へのバスを待ちゐし小屋ならむ脈絡もなく脳裡に浮かぶ

底知れぬキャピタリズムの渦潮に朱塗りの椀はくるくる廻る

溜息が怒りとなりてゆふぐれの歩道橋より見わたす車列

忘れゐしリズムと思ふ　聞こえ来る消音ピアノのキー叩く音

霞みゆく記憶の中に埋《うづ》もれてゆつくりと呑む一合の酒

まづ窓の位置を決めたり夏の夜に父と作りし模型の小部屋

渡り来るいかなる鳥か　再びのパンデミックの去りたる朝を

君が着る浴衣の花の輪郭を過ぎゆく夏の形見に留《とど》めむ

うつしみは雲にあらねば山の背の風にそよぎて木々と靡かふ

PCが壊れる

十月十五日

液晶の画面が急に青くなり時計を見つつ慌てふためく

再起動いくたびなせどパソコンは〈自動修復できませんでした〉

手探りにコマンドプロンプトいぢりつつ内部の仕組みがわかつたつもり

しかあれど何も変はらぬ黒き箱こんなお前に振り回されて

消え去りし一年の記憶惜しからずせいせいしたとの思ひに至る

壊れゆく脳の機能を補ひてともに生き来し機械なりしか

電脳とともにすり減るうつしみと思へばたのし　頸をめぐらす

古都幻影

雨の間に人影絶えて松が下萩の黄葉《もみぢ》のかくもまばゆし

ウイルスに触れむとほそき指先は水の面の膜に近づく

伽藍堂となりたる現《うつ》つ　西塔の在らざる昔に仰ぎ見し塔

虚空より地に降ろされし水煙か天女は舞へり真つ逆さまに

きれぎれにわれの海馬とつながりて白き火放つ電脳の闇

竹林の隠者のひとり阮咸《げんかん》は四つの絃張る楽器の呼び名

毛と紙を重ねて太き竹に差し筆となしたり権力と文字

ゆゑもなくよろこび湧きてくるごとし緑の鞄に手帳をしまふ

進化するホモサピエンス　鉄棒の匂ひ残れる掌《て》を鼻に嗅ぐ

隙間より覗けば暖炉の方に向き木の椅子ふたつ置かれてありぬ

越年

いつよりか出窓に置かれ朝夕を見るとしもなき素焼きの花瓶

今年逝きし人を数へてゐたりしが名前の出てこぬ幾人の顔

再生を繰り返しつつ消えていく記憶といふは身中の熱

頂上の淡雪崩す銀の匙マロンを越えてタルトに到る

歳晩の食品売り場をゆきめぐる人とウイルス出くはすなゆめ

臭ひなきけだものの肉　そのむかしプロメテウスは火を盗みたり

蟹の足凍りて棚に積まれをり身をえぐり出しヒトが食ふため

手に載する桜島蜜柑小さきを常世《とこよ》土産《みやげ》としばし見惚るる

検索し絡められゆく素莵《しろうさぎ》　網《ネット》の内なる人間あはれ

液晶が目に馴染みゆく年月のかなたに揺るる蠟燭の火は

のみどよりひいひゆうひいひゆうのぼりくる風ははかなしはかなし風は

もうとうに失せぬと思ひし一枚が引出しにあり　明日は捨てむ

土にかへる影もあるべしゆふぐれに人も樹木も逆光のなか

＊

いづこより降《お》り来る神か巨大なるクリスマスツリーに来る新年《ニューイヤー》

触手はも国境を越え人あまた飢ゑて苦しむ　水に伏す額

初春のひと日は暮れて昨夜《よべ》のごと諏訪の〈真澄〉がはらわたに沁む

目出鯛を腹に抱へた張り子の寅　嗤つてないで笑つてごらん

核の冬いつしか去りて窓遠く鳥過《よぎ》るとき言葉は生れむ

流れゆく川の芥に歩を合はせたゆたふときに逢ふ鷺の脚

軒下にお化けの首が五つあり萎びたかぼちゃ、生きてるかぼちゃ

Ⅲ

2022年

影の陰翳

山門をくぐりて開く空間になめらかに反るかやぶきの屋根

（平林寺五首）

身の丈の石塔並ぶかたはらを影を踏みつつゆつくり歩む

人居らぬ正月三日の禅寺に鴉が数羽間を置きて鳴く

林間に新しき切り株一つありしばらく尻を置かせてもらふ

ここよりはどこへもゆかぬ幹と枝明るき空を分けあひて伸ぶ

zoom会議の〈退出〉に触れもどりゆく冬の小部屋に西日が射せり

ある朝《あした》おもちゃ箱から目を覚ましサイボーグまたウイルスの棘

『BRAVE NEW WORLD《すばらしいしんせかい》』書かれた頃の倫敦《ロンドン》の夜空を思ふ紫煙を吐きて

秒針の刻むを見むと引出しの懐中時計の蓋をはね上ぐ

目の覚めぬ朝もあるべし　胸の上に電気あんかを乗せて寝に就く

ヤフオクに古着を買ひて裄《ゆき》を出し春には着むと連れ合ひが言ふ

軟膏を背中に塗つて届かないところはそのまま塗らないで置く

指先に濾過紙を折りて湯を注ぐ　インスタントを飲まなくなりぬ

ゆつくりと着地へ至る道筋を考へながら寝入りたるらし

くきやかに富士の形が浮かび来る冬暮れ方の屋上の網

火を噴けば灰に埋もるる家と道マスクを外し口をうごかす

この辺にたしかパン屋があつたはず行きては戻る記憶の四つ角

通り抜け叶はぬ塀と思ひしが隙間のありて腹をへこます

茶畑のありしところか一面の乾ける土を渡りゆく風

春一番

行きがけに投函せんとポケットに入れた葉書が食卓に在り

目をやれば梅の花芯に寄りながらしきりにうごく小さき蜜蜂

バスタブに身を横たへて目を閉ぢぬ春一番は地を舐めて吹く

後味といふは何なる　口すぼめ舌を尖らせ上顎に触る

わが視野にぽつかり空いた空間に見えて見えざる揺れ止まぬもの

ゆくはずのなき旅なれど乗り継ぎの時刻確かめ春来るを待つ

吉祥寺界隈

オミクロン弱まる兆し　再会の初めはパブの立ち飲みビール

連れ立ちて初老の朋《とも》らと下りゆく急な階段セピアの写真

「さかえ書房」閉ぢたるはいつ　茶店《さてん》なりしルーエの跡地が書店となりぬ

そのかみの春の先駆けBe-Bopの煙草の煙が鼻腔にしみる

二十分自転車を漕ぎ入り浸る吉祥寺《ジョージ》は少年の迷宮なりき

ファンキーにワインを飲みしは十年前太郎次郎の途方に暮れて

昨晩の失せにし記憶探しゆくGoogleマップの履歴をたどり

狼煙《のろし》と人麻呂

枯れ葦の中に呼ばふは鴨ならむ午後の水辺にうごくわが影

道の上に小石がひとつ　手に拾ひ形を確かめ隠《ポッケ》しにしまふ

ＰＣに浮かび続ける文字の列いぶかしければ蓋を閉めたり

二月二十四日　ロシア軍ウクライナ侵攻

菜のはなのたよりとどきぬ　帝国の戦車がおかす国境の街

一発の兇弾ではない　憎しみは史を押しもどし人を狂はす

映像に昂ぶる心臓　闇の中にチェルノブイリの石棺の見ゆ

呆として掻きむしる肌　蕁麻疹の爪痕赤し腕、腹、腿、臑

死者生者いづれ恋しき　あくがれて契る一夜の快楽《けらく》といはむ

三月十五日　特急やくも

吉備出でて列車は伯耆《ほうき》に入れるらし車窓の川は行く手へ流る

Y市の旧家にて

通り土間　商ふ品の遺されて棚に数十年の時はうごかず

案内《あない》する主《あるじ》の友の声も消え吹き抜けの二階へ梯子を登る

ベニヤ壁に貼られ褪せたる世界地図中央に赤き日本列島

家ごとに渡す石橋　もうだれも通らずなりし苔むす石橋

石見国湯抱

老夫婦畦に野良着に憩へると見ればうごかず　猪《ゐ》を逐ふ案山子《かかし》

「鴨山の磐根《いはね》し枕《ま》けるわれをかも知らにと妹《いも》が待ちつつあるらむ」柿本人麻呂

鴨山は木立のむかう　湯抱《ゆがかへ》に茂吉が逢ひし人麻呂の影

「人麻呂がつひの命を終はりたる鴨山をしも此処《ここ》と定めむ」斎藤茂吉

死に臨む人の臥したるところぞと定めて歌をかなしみにけむ

身に迫る滅びの予感　草おほふ岩より洩れ来る源の音

島の星山

柔肌《にきはだ》のまぼろし求めさまよへるひとの跡追ふ鳥か空ゆく

「石見のや高角山《たかつの》の木の際《ま》よりわが振る袖を妹見つらむか」人麻呂

妻の里返り見しつつ越えしとふ山のふもとに笹音《ささね》を聞けり

一時《いっとき》の別れと思ひ振る袖を遠目に見たり見えざる袖を

砂子屋書房 刊行書籍一覧（歌集・歌書）

2024年８月現在

＊御入用の書籍がございましたら、直接弊社あてにお申し込みください。
代金後払い、送料当社負担にて発送いたします。

	著　者　名	書　　名	定　価
1	阿木津　英	『**阿木津　英 歌集**』現代短歌文庫5	1,650
2	阿木津　英 歌集	『**黄　鳥**』	3,300
3	阿木津　英 著	『**アララギの釋迢空**』＊日本歌人クラブ評論賞	3,300
4	秋山佐和子	『**秋山佐和子歌集**』現代短歌文庫49	1,650
5	秋山佐和子歌集	『**西方の樹**』	3,300
6	雨宮雅子	『**雨宮雅子歌集**』現代短歌文庫12	1,760
7	池田はるみ	『**池田はるみ歌集**』現代短歌文庫115	1,980
8	池本一郎	『**池本一郎歌集**』現代短歌文庫83	1,980
9	池本一郎歌集	『**萱鳴り**』	3,300
10	石井辰彦	『**石井辰彦歌集**』現代短歌文庫151	2,530
11	石田比呂志	『**続 石田比呂志歌集**』現代短歌文庫71	2,200
12	石田比呂志歌集	『**邯鄲線**』	3,300
13	一ノ関忠人歌集	『**さねさし曇天**』	3,300
14	一ノ関忠人歌集	『**木ノ葉揺落**』	3,300
15	伊藤一彦	『**伊藤一彦歌集**』現代短歌文庫6	1,650

	著者名	書名	定価
41	春日いづみ	**『春日いづみ歌集』** 現代短歌文庫118	1,650
42	春日真木子	**『春日真木子歌集』** 現代短歌文庫23	1,650
43	春日真木子	**『続 春日真木子歌集』** 現代短歌文庫134	2,200
44	春日井　建	**『春日井　建 歌集』** 現代短歌文庫55	1,760
45	加藤治郎	**『加藤治郎歌集』** 現代短歌文庫52	1,760
46	雁部貞夫	**『雁部貞夫歌集』** 現代短歌文庫108	2,200
47	川野里子歌集	**『歓　待』** ＊読売文学賞	3,300
48	河野裕子	**『河野裕子歌集』** 現代短歌文庫10	1,870
49	河野裕子	**『続 河野裕子歌集』** 現代短歌文庫70	1,870
50	河野裕子	**『続々 河野裕子歌集』** 現代短歌文庫113	1,650
51	来嶋靖生	**『来嶋靖生歌集』** 現代短歌文庫41	1,980
52	紀野　恵 歌集	**『遣唐使のものがたり』**	3,300
53	木村雅子	**『木村雅子歌集』** 現代短歌文庫111	1,980
54	久我田鶴子	**『久我田鶴子歌集』** 現代短歌文庫64	1,650
55	久我田鶴子 著	**『短歌の〈今〉を読む』**	3,080
56	久我田鶴子歌集	**『菜種梅雨』** ＊日本歌人クラブ賞	3,300
57	久々湊盈子	**『久々湊盈子歌集』** 現代短歌文庫26	1,650
58	久々湊盈子	**『続 久々湊盈子歌集』** 現代短歌文庫87	1,870
59	久々湊盈子歌集	**『世界黄昏』**	3,300
60	黒木三千代歌集	**『草の譜』**	3,300

	著者名	書名	定価
86	酒井佑子歌集	**『空よ』**	3,300
87	佐佐木幸綱	**『佐佐木幸綱歌集』** 現代短歌文庫100	1,760
88	佐佐木幸綱歌集	**『ほろほろとろとろ』**	3,300
89	佐竹彌生	**『佐竹弥生歌集』** 現代短歌文庫21	1,602
90	志垣澄幸	**『志垣澄幸歌集』** 現代短歌文庫72	2,200
91	篠　弘	**『篠　弘 全歌集』** ＊毎日芸術賞	7,700
92	篠　弘 歌集	**『司会者』**	3,300
93	島田修三	**『島田修三歌集』** 現代短歌文庫30	1,650
94	島田修三歌集	**『帰去来の声』**	3,300
95	島田修三歌集	**『秋隣小曲集』** ＊小野市詩歌文学賞	3,300
96	島田幸典歌集	**『駅　程』** ＊寺山修司短歌賞・日本歌人クラブ賞	3,300
97	高野公彦	**『高野公彦歌集』** 現代短歌文庫3	1,650
98	髙橋みずほ	**『髙橋みずほ歌集』** 現代短歌文庫143	1,760
99	田中　槐 歌集	**『サンボリ酢ム』**	2,750
100	谷岡亜紀	**『谷岡亜紀歌集』** 現代短歌文庫149	1,870
101	谷岡亜紀	**『続 谷岡亜紀歌集』** 現代短歌文庫166	2,200
102	玉井清弘	**『玉井清弘歌集』** 現代短歌文庫19	1,602
103	築地正子	**『築地正子全歌集』**	7,700
104	時田則雄	**『続 時田則雄歌集』** 現代短歌文庫68	2,200
105	百々登美子	**『百々登美子歌集』** 現代短歌文庫17	1,602

	著者名	書名	定価
131	浜名理香歌集	**『くさかむり』**	2,750
132	林　和清	**『林　和清 歌集』** 現代短歌文庫147	1,760
133	日高堯子	**『日高堯子歌集』** 現代短歌文庫33	1,650
134	日高堯子歌集	**『水衣集』** ＊小野市詩歌文学賞	3,300
135	福島泰樹歌集	**『空襲ノ歌』**	3,300
136	藤原龍一郎	**『藤原龍一郎歌集』** 現代短歌文庫27	1,650
137	藤原龍一郎	**『続 藤原龍一郎歌集』** 現代短歌文庫104	1,870
138	本田一弘	**『本田一弘歌集』** 現代短歌文庫154	1,980
139	前　登志夫歌集	**『流　轉』** ＊現代短歌大賞	3,300
140	前川佐重郎	**『前川佐重郎歌集』** 現代短歌文庫129	1,980
141	前川佐美雄	**『前川佐美雄全集』 全三巻**	各13,200
142	前田康子歌集	**『黄あやめの頃』**	3,300
143	前田康子	**『前田康子歌集』** 現代短歌文庫139	1,760
144	蒔田さくら子歌集	**『標のゆりの樹』** ＊現代短歌大賞	3,080
145	松平修文	**『松平修文歌集』** 現代短歌文庫95	1,760
146	松平盟子	**『松平盟子歌集』** 現代短歌文庫47	2,200
147	松平盟子歌集	**『天の砂』**	3,300
148	松村由利子歌集	**『光のアラベスク』** ＊若山牧水賞	3,080
149	真中朋久	**『真中朋久歌集』** 現代短歌文庫159	2,200
150	水原紫苑歌集	**『光儀（すがた）』**	3,300

109	内藤　明 歌集	**『薄明の窓』** ＊迢空賞	3,300
110	内藤　明	**『内藤　明 歌集』** 現代短歌文庫140	1,980
111	内藤　明	**『続 内藤　明 歌集』** 現代短歌文庫141	1,870
112	中川佐和子	**『中川佐和子歌集』** 現代短歌文庫80	1,980
113	中川佐和子	**『続 中川佐和子歌集』** 現代短歌文庫148	2,200
114	永田和宏	**『永田和宏歌集』** 現代短歌文庫9	1,760
115	永田和宏	**『続 永田和宏歌集』** 現代短歌文庫58	2,200
116	永田和宏ほか著	**『斎藤茂吉──その迷宮に遊ぶ』**	4,180
117	永田和宏歌集	**『日　和』** ＊山本健吉賞	3,300
118	永田和宏 著	**『私の前衛短歌』**	3,080
119	永田　紅 歌集	**『いま二センチ』** ＊若山牧水賞	3,300
120	永田　淳 歌集	**『竜骨（キール）もて』**	3,300
121	なみの亜子歌集	**『そこらじゅう空』**	3,080
122	成瀬　有	**『成瀬　有 全歌集』**	7,700
123	花山多佳子	**『花山多佳子歌集』** 現代短歌文庫28	1,650
124	花山多佳子	**『続 花山多佳子歌集』** 現代短歌文庫62	1,650
125	花山多佳子	**『続々 花山多佳子歌集』** 現代短歌文庫133	1,980
126	花山多佳子歌集	**『胡瓜草』** ＊小野市詩歌文学賞	3,300
127	花山多佳子歌集	**『三本のやまぼふし』**	3,300
128	花山多佳子 著	**『森岡貞香の秀歌』**	2,200
129	馬場あき子歌集	**『太鼓の空間』**	3,300
130	馬場あき子歌集	**『渾沌の鬱』**	3,300

64	小池　光	『続々 小池　光 歌集』現代短歌文庫65	2,200
65	小池　光	『新選 小池　光 歌集』現代短歌文庫131	2,200
66	河野美砂子歌集	『ゼクエンツ』＊葛原妙子賞	2,750
67	小島熱子	『小島熱子歌集』現代短歌文庫160	2,200
68	小島ゆかり歌集	『さくら』	3,080
69	五所美子歌集	『風　師』	3,300
70	小高　賢	『小高　賢 歌集』現代短歌文庫20	1,602
71	小高　賢 歌集	『秋の茱萸坂』＊寺山修司短歌賞	3,300
72	小中英之	『小中英之歌集』現代短歌文庫56	2,750
73	小中英之	『小中英之全歌集』	11,000
74	小林幸子歌集	『場所の記憶』＊葛原妙子賞	3,300
75	今野寿美歌集	『さくらのゆゑ』	3,300
76	さいとうなおこ	『さいとうなおこ歌集』現代短歌文庫171	1,980
77	三枝昻之	『三枝昻之歌集』現代短歌文庫4	1,650
78	三枝昻之歌集	『遅速あり』＊迢空賞	3,300
79	三枝昻之ほか著	『昭和短歌の再検討』	4,180
80	三枝浩樹	『三枝浩樹歌集』現代短歌文庫1	1,870
81	三枝浩樹	『続 三枝浩樹歌集』現代短歌文庫86	1,980
82	佐伯裕子	『佐伯裕子歌集』現代短歌文庫29	1,650
83	佐伯裕子歌集	『感傷生活』	3,300
84	坂井修一	『坂井修一歌集』現代短歌文庫59	1,650
85	坂井修一	『続 坂井修一歌集』現代短歌文庫130	2,200

19	今井恵子 著	**『ふくらむ言葉』**	2,750
20	魚村晋太郎歌集	**『銀　耳』（新装版）**	2,530
21	江戸　雪 歌集	**『空　白』**	2,750
22	大下一真歌集	**『月　食』** ＊若山牧水賞	3,300
23	大辻隆弘	**『大辻隆弘歌集』** 現代短歌文庫48	1,650
24	大辻隆弘歌集	**『橡（つるばみ）と石垣』**	3,300
25	大辻隆弘歌集	**『景徳鎮』** ＊斎藤茂吉短歌文学賞	3,080
26	岡井　隆	**『岡井　隆 歌集』** 現代短歌文庫18	1,602
27	岡井　隆 歌集	**『馴鹿時代今か来向かふ』（普及版）** ＊読売文学賞	3,300
28	岡井　隆 歌集	**『阿婆世（あばな）』**	3,300
29	岡井　隆 著	**『新輯 けさのことば Ⅰ・Ⅱ・Ⅲ・Ⅳ・Ⅵ・Ⅶ』**	各3,850
30	岡井　隆 著	**『新輯 けさのことば Ⅴ』**	2,200
31	岡井　隆 著	**『今から読む斎藤茂吉』**	2,970
32	沖　ななも	**『沖ななも歌集』** 現代短歌文庫34	1,650
33	尾崎左永子	**『尾崎左永子歌集』** 現代短歌文庫60	1,760
34	尾崎左永子	**『続 尾崎左永子歌集』** 現代短歌文庫61	2,200
35	尾崎左永子歌集	**『椿くれなゐ』**	3,300
36	尾崎まゆみ	**『尾崎まゆみ歌集』** 現代短歌文庫132	2,200
37	柏原千惠子歌集	**『彼　方』**	3,300
38	梶原さい子歌集	**『リアス／椿』** ＊葛原妙子賞	2,530
39	梶原さい子歌集	**『ナラティブ』**	3,300
40	梶原さい子	**『梶原さい子歌集』** 現代短歌文庫138	1,980

命令はひとひらの紙　ひとを離《さ》きひとを殺めて飽くことあらず

益田の鴨島は海の中

大地震《なゐ》に沈みし鴨島　常永久《とことは》に海中にありて雨にけぶらふ

野垂れ死に、犬死に、刑死、名誉の死　風の便りは臭ひを持たず

三月十八日　高津柿本神社

筆を持つ右手を軽く膝に置き社《やしろ》に坐す人麻呂の像

*

眠りつつ目覚むる脳のひとところ時の裂け目に落ちゆくごとし

どこからが晩年の日々　沖つ波アルファデルタオミクロン、Z

母父の戦後を生きてその後にわれらはむかふ大き戦《いくさ》に

橋越えて行きたき場所もあらざるに陸橋渡り夜の街に入る

日々の戦争

取り寄せしウクライナ産蜂蜜を麺麭《ぱん》に滴らして朝刊を読む

地図帳を開きルーペにたどりゆく見えて見えざる国境の町

あかつきの夢に現れし皇帝の笑ふ耳、しのび泣き、のつぺらばう

柱となる五本の論を組み合はせ人類滅亡計画を練る

キエフ出身旧ロシア人Y氏のこと何も知らざりき今も知らざる

中指を伸ばす右手の傷の跡　疾《と》く蘇れ死せるキリスト

燃ゆる水、麦の相場を諮りゐむ鉄砲商ら茶を啜りつつ

亡骸《なきがら》と死体の違ひ　死者たちは水辺の葦にささやき交はす

戦はぬ兵なるわれらいくばくの善行《チャリティー》をなし絶望を飼ふ

刀と鉄砲、爆弾と電磁波　ヒトは歩みて軋む糸車

唐突によぎる死臭にふるへをり頸を撫でゆく言葉の刃先

旗と柱

列島に流れ着きたるサピエンスの末裔として夕日に祈る

スペイン風邪、南京入城、新型爆弾　百年経ちて忘却の海

たくましく絆があれば旗、旗、旗、旗が靡いて春は闌けゆく

木遣り歌今年うたはぬ御柱《おんばしら》コロナの神を懼れたるらし

人柱、生け贄、身代はり、人身御供　若き女を納受せし神

一夜にて非戦も専守も崩れ去る　消ゆることなき歳月の後

硬貨入れ望遠鏡に鳥を追ふ紫紺の海が閉ざされるまで

ねこじやらし空き地に揺れて何を待つ戦後といへる時代がありぬ

宙空に月

角をもつ獣に追はれ切岸に叫びたるとき夢より覚めつ

わがからだ運ばれてゆく近未来わたしの影は誰と語らふ

トンカタと小《ち》さく唸りし冷蔵庫そののち静か　壊れたらしい

いつよりか呑み込む力が衰へて口に唱ふる言の葉いくつ

身をかがめ狭き通路の草を抜くむごき侵略者の末裔として

躁と鬱　さういふことかと諾へり萌す怒りに水を遣るべし

咳すれば痛みのひびくところあり左肋骨にひびの入りしや

無防備の一日と思ふに何かしらこころ楽しく珈琲を飲む

狂へるは地球かヒトか　炎昼にぴいひよろぴいひよろ笛を吹く鳥

新しき椅子にお前と向き合へり自由はわれの心中にあり

夏の光景

気管支のあたりに何かからまれり喉を鳴らして眼を閉ぢぬ

きのふけふ頻りに鳩のこゑするはここらの鴉《あ》族を締め出しにけむ

水底《みなそこ》に沈むしかばね　水面《すいめん》に浮かべるかばね　浴槽流す

知らざりし入曽とふ町に移り来て三十回目の夏を迎へる

夕暮に犬の呼び合ふ声すると妻の言ひしはいつの暮れ方

駅前にありし団子屋けふ見ればテイクアウトのピザ屋となりぬ

この夏は蚊もナメクヂもをらざると壁の向かうに誰かささやく

モルタルにへばりつきたるものの影トカゲかわれの人を差す指

世界が今壊れていくのにこんなにも静かな午後の十字路である

泡ひとつ沼の底より湧き出でて遠き記憶に入りゆくごとし

揺れうごく脳《なづき》のさまがうかび来ぬ眉間の皺を伸ばして嗤ふ

あらかじめうしなはれたる原風景　一九七〇年、東京の坂

目の前を走る閃光　飛ぶ前に見てしまひたるフイルムの陰画《ネガ》

ゆゑもなくたかぶる夜は心朽ちし十五歳《じふご》の夏の雲を思へり

信頼が祈りに変はる歳月を許さずあらむ死者も生者も

国が国を侵し、人が人を犯す　痛し　恥《やさ》し　見開け眼《まなこ》

＊

ちちのみの父の残しし古切手六枚貼りて手紙を出しぬ

葉隠れに太陽光を浴びながら太らむとする紫紺のなすび

一面の里芋畑に撒かれゆく水にたまゆら虹の現はる

気配ありて振りかへるとき自転車はゆらり傾き地に倒れたり

よく見るにガラスの割れたる腕時計　転倒時刻をそこにとどめて

性欲を味はふごとく眼鏡をはづして古き画帖をひらく

水位増す川に架かれる鉄橋を橋の上より遠く見てをり

雨音の濃くまた淡く息づくを聴いてゐるなり人のかたへに

伝ふべき何もなけれど方舟の中に夜明けを待つごとくゐる

暇《いとま》あらばとぶらひ来ませわれ立たむ改札口に日傘をさして

ゆつくりと闇の粒子を浄めつつ羽根は静かにこの夜を回る

光と影

捥ぎたての茄子と胡瓜と言の葉をもらひて帰る暮れ方の辻

シャツといひ靴といひまた椅子といひ合ひて合はざる身体を持つ

背後より撃たれしならむ　探偵はルーペを置いておもむろに言ふ

カウンターに少し離れて酒を呑む男四人の汗と溜め息

猥談もいつしか白け日々の死とコロナに馴れて夏、三年目

遣り掛けてそのままなりしこと数多《あまた》悔しき夜もいつか忘れむ

来年は朝顔の棚を作らむと雨戸繰りつつ空を見上げる

地にふたつ開《あ》きたる穴は七年の後に出で来し幼虫の跡

人影の無きこと確かめうつせみの命の水を汲まむとかがむ

壊れゆく脳細胞の音聞こゆ二時間おきに夜半を目覚めて

百年の戦争の後築かれし帝国の首都　だあれもゐない

じりじりと森焼きつくす太陽を河口の島にひとり見てをり

人よマリアよ畏るるなかれ　神は今荒れたる海を渡らせたまふ

一巡し戻りて来たる入口は出口にあらずまた歩むべし

既視感は未来へつづく　六本木ミッドタウンの午後の空間

半年を旧《ふる》き暦にあり経ればからだのどこか月の盈ち来る

へんくつな少年そのまま老いづきて誰も唄はぬ舟歌うたふ

小山正を哭す

姉君は弟の死を淡々と述べて静もる受話器のむかう

髭のばし瞳やさしき小山正娑婆をさまよひ感染症《コロナ》に果てつ

「無防備の肩を曝して息づける薄明父はラーゲリーを生く」小山正『葫蘆』

その父の今に続けるラーゲリを歌ひし君は戦後を生きつ

励起され打ちのめされし君が歌「他者に向かいて総括をせず」

無防備の身体を宙にゆらせつつぼそぼそぼそと何か言ひたり

＊

葫蘆《ころ》の尻さすりてをれば驢馬に乗り汨羅《べきら》にあそぶ君に逢はむか

＊小山正　二〇二二年八月十日永眠

甚平

危ふさに飼ひ馴らされてゆく日々に出し忘れたる手紙も忘る

意地悪をひとつしてみむ軽微なる恨みの棘を抜けずにあれば

冷蔵庫につづきてクーラー働かず疫病神に冒されにけむ

その時を末期に据ゑて数ふればやりたきことの二つ三つ四つ

こみあぐる一日の怒りをなだめつつ午後の電車に動悸してゐつ

すべてよしすべてよしとぞ　洩れ出づるわが声ひびく深夜の浴室

樽椅子に甚平を着てわが居ればじんべゑさんにわれはなりたり

いつよりか時間が早く進むゆゑ一呼吸して呪文を唱ふ

六十五歳《ろくじふご》過ぎしころよりわが齢分からなくなり指折り数ふ

ウケ狙ひケレン好みは好かねども附け打ちはよし　背中を奔る

正統も異端もあらず日本のおじやに浮かぶ紀州の梅干し

時として二段活用疎ましくふんぞり返つて真中に据ゑる
もうとうに死んでるらしい凍えたる耳に響かふ明け方の鐘
滅びゆくものに惹かれてゆくこころ厭はしけれどせむすべもなし

Ⅳ

2022年暮〜2023年夏

幻影の道

英虞《あご》の海背向《そがひ》に見つつ半島の丘を越えゆく波切《なきり》の穂先へ

玉かぎる遠き記憶の跡を追ひ大王崎の断崖《きりぎし》に立つ

（大王埼）

もしやあれは安乗《あのり》への道　潮かをる草の岬はなだらかだつた

灯台にのぼりて開く両の腕　空と海とは紺碧の壁

常世《とこよ》より寄せ来る波か岩礁に白くはじけて時間は呑まる

秋颱風いま海上を移るらし伊勢街道は雨脚はやし

（斎宮跡）

日の神の生け贄として奉《まつ》りたる処女子《をとめご》ひとり争乱の後

蒼穹に白く刷毛引く雲のありゆつくり形を変へながら行く

立ちつくしこころほほけて見てゐたり二上山《ふたかみやま》に沈む日輪

時を経て幽と明とを分かつもの木々は繁りて結界をなす

たましひの天翔けりたる塚の上　八角盤の現はれ来たる

（伝斉明天皇陵）

明日香川淀める水のひとところ空を映して深さを知らず

戦ひを逃れて来しをそれぞれの旗を振りつつ人は争ふ

何もなき大宮どころ日の翳りプラスチックな風の吹きぬく

あはき影地上に映し飛ぶ鳥の滅びにむかふ形態ひとつ

春鶯

夜ふかく帰りて灯す卓のうへ雪の便りのはがき一葉

逢へぬまま死にたる友を偲びつつオンザロックの氷を回す

ひとよさの風おさまりて白む窓きのふと同じベッドに目覚む

見下ろせる家並みのむかうに入り日射し今年の公孫樹極まりて立つ

磨かれて板目艶めくカウンター仕切られてありアクリル板に

しげしげと眺めてゐたり頭付《かしら》きメヒカリ四尾平皿の上

分け合つて三人で喰ふ大型のさつま揚げにはおろしを添へて

一番にわれが来たりて呑みはじめ五人となりて一人消えたり

来る年を期するにあらず指に取り桜の種を土にもどしぬ

パンドラの箱を開ければ新しき恋をもとめて鳴く鳥のこゑ

片耳にひかりを感じ目覚むれば白磁の壺にひらく水仙

海越えて柔らかき声　まだ逢はぬ友といつしか卓を囲まむ

一面に雪の降り敷き春近しウクライナの野を駆けゆく兎

½世紀、あるいは松任谷由実《ユーミン》を聴きながら

ゆっくりとあなたのいのちはのぼりゆく空のまほらに点となるまで

（ひこうき雲）

あの頃の生き方を君は忘れたか　燃え上がる都市、蛇行する河

（卒業写真）

競馬場、ビール工場を横に見てじてんしやは行く多摩川の土手

（中央フリーウェイ）

テクノの波、カリブのリズムに踊りつかれ　東京西郊にもう家はない

（真夏の夜の夢）

宇宙図書館にあなたの声が残るならわたしは帰るあの日の街へ

（私のフランソワーズ）

クソ食らへおいしい生活　俺一人吞みにゆくんだ死者たちの辺に

激情を共有せむと思ひゐし鋭き語調のよみがへりくる

戦争を知らぬ世代と括られし昨日も遠きむかしとなりぬ

屑となり泡となりまた夢となる　埠頭の店の青きポスター

弥生の記

自転車を漕いで入間野の某氏の家へゆく

土ぼこり巻き上げて吹く三月の疾風《はやて》は頬に痛くはあらず

アトリエを兼ねたる部屋に並ぶ額《がく》雪の漁村の風景と人

去年《こぞ》死にし農夫と犬を描きたる油彩画いまだ完成を見ず

ひた土の莫蓙に坐りて茶を飲めり間《ま》を空けて鳴く鶏の声

木の樋《とひ》を伝ひちよろちよろ水注ぐ目高の鉢にメダカは居らず

畑物の出来を喋りて尽くるなし隣家の媼と隠居の主

ウクライナでの戦闘は一年を経て止まない

本を伏し窓の外なる電線を見てゐるうちに日は翳りたり

龍の頸、鷲の頭の向き合へる太平洋にただよへる島

おろかしく人は歴史を繰り返すつぶやくわれも鳥にはあらず

口いっぱい唾《つばき》を溜めて目覚めをり午前三時の異界の浜辺

ピストルを撃ちし臭ひの漂へる海馬にうかぶ横顔は誰

三月七日、大和東大寺二月堂修二会

空を突き燃ゆる炎は火の玉にあらずこの世の罪を燃やす火

回りつつ舞台を奔るお松明《たいまつ》虚空を敲く音ひびかせて

降り来たる火の粉浴びつつ幾百のスマホ画面に松明映る

三月八日、近江瀬田唐橋

逝く者をかく逝かしめて静かなり瀬田の河口に川鵜はあそぶ

さざなみの古き都のあとどころ囲む民家のパラポラアンテナ

枯れ葦の向からうに開く近江《あふみ》の海《うみ》さむき真水に白波立たず

三月九日、若狭小浜神宮寺

漂ふは達陀《だったん》の火の残り香か若狭の井戸に掬ふ閼伽水《あかすい》

お水取り、お水送りをつなぐもの幻の火は回廊をゆく

絡み合ふ百本の足が地を摑みスダジイは明日もここに立ちゐむ

鵜の瀬への道

遠敷《をにふ》川早瀬に沿ひて上りゆく鯖街道に霧の降り来る

時空越え彼方の井戸に湧くといふ鵜の瀬の水を口に含みぬ

また或る日

パンデミック終はらむとして闇深し電子の神に導かれつつ

葦の舟われら持たねど人骨のゲノムが語る出アフリカ記

虞れつつ黙せるままに眠りしか椅子より立ちてカーテンを引く

三月二十一日、武蔵国分寺跡

五十五年経てたどりゆくはけのみち礎石の原は公園の中

地震《なゐ》疫病《えやみ》飢饉争乱　忘却の花びらは舞ふ鐘楼跡に

七重の塔振り返り過ぎにけむ行者、役民《えきみん》、逃散の民

道祖土

カーナビは迷子となりて山に入る真岡市道祖土《さやど》25番地

渡り来るサシバの声は聞こえねど空のいづこかさへづる雲雀

「井戸の神、竈の神様、道祖神社《だうそさま》めぐりて祈る大晦日の夕」
高松可祝『道祖土』

これがかの道祖神社《だうそさま》かや苔むせる巨木の守る小さき祠

長屋門半ば崩れて山を背に屋敷の屋根は御堂のごとし

夜の狐高松可祝《かしゆく》と出会ひたる家か知らねどしばし目を閉づ

裏山にぽつりぽつりと現れて桜は咲けり二《ふた》とせの後
＊高松可祝　二〇二一年三月二十二日永眠

還り来し鳥の見下ろす小貝《こかひ》川堤の桜と岸の菜の花

双葉・富岡

樹々の奥に蔵《しま》はれてある貯水タンク炉心も建屋もなんにも見えず

廃炉への道路を見下ろす屋上に首をまはせば吹きぬける風

爆発し吹つ飛ぶ建屋の映像をいくたび見しや、見世物ならず

何もなくただ広き土地　海水の押し寄せ引きゆく記憶を留む

不明者の捜索急遽打ち切られ連れ去られたりいづこと知らず

うぐひすの鳴く音のどかに澄みわたる帰還困難地域鉄柵の内

〈夜の森〉並木の桜競ひ咲く被災後十二年三月つごもり

悟空浄土

緊箍児《きんこじ》にゆつくりゆつくり締められて頭の芯を電子が奔る

守るべきものあらざれば囚はれの部屋に小鳥と鏡とあそぶ

花の精飛び交へるらし神経の穂先に触れて告げくる異変

地の底の獣の動き　対岸の人のざわめき　王の兎耳

あらかじめ壊るることを想定し謎をかけしも忘れてゐたり

目覚めたる新しき性　電脳は能人を越え虚空に舞へり

港ヨコハマ・小津安二郎展

TOKYOの地下潜り来てさねさし相模の国を電車は走る

フェイドアウトされゆく昭和の片隅に小津安二郎といふ日溜りがある

蒲田から大船へ向かふ車列とぞ　無声映画の葬送の朝

クラッチといふものありき　みぎひだり足が突然復習をする

花どきをややに過ぎたる薔薇園をめぐりて出逢ふ横浜の海

発声映画《トーキー》のセットならねば人満ちて中華街には夏の匂ひす

逆走をせしはいつの日　横須賀の道路は広く眩しかりけり

ベイブリッジ　大黒埠頭の海中にクラゲ群なし漂ひてゐき

帰りゆく快速急行　くらやみに見えぬ秩父のやまなみ遙か

半島の町に過ごしし十年をゆめのごとくに思ふ時あり

光と水

指先の匂ひを鼻に宛てながら少女は花壇のむかうに佇てり

晩夏光あまねく照らす廃校のゴールポストに絡まれる草

亡き君に今宵伝ふる言の葉を口に唱へて湯船にわれは

きのふけふ死に魅せられて眼閉づ肺腑に響く歓びの歌

まづ空の箱であつたか　ＰＣもわれらの脳も神の宇宙も

嫌悪といふ言葉が喉につまりゐて午前三時の闇に覚めをり

生老病死繰り返しつつ風に吹かる砂漠の砂をいまだわが見ず

原子の火、マグマの熱を抱へつつ争ふわれらいづこへ向かふ

毀たれて六十年たつ祖《おや》の家死海の水はいかになりしや

炎天の下の小径をなづみ来て碧を湛ふる淵に逢ひたり

あとがき

二〇一九年の暮ころから二〇二三年の夏ころにかけての作四九四首を収める七冊目の歌集である。その期間は私の六十歳代後半の三年半余にあたる。

二十世紀のはじめ、中江兆民は喉頭癌で余命一年半と医師に言われ、『一年有半』を著した。私は余命を宣告されたわけではないし、兆民先生を持ち出すのはおこがましいが、この三年半はCOVID19による感染症が各地で猛威をふるい、ロシアがウクライナに侵攻して国際秩序が揺らぎ、地球温暖化によると思われる自然災害が頻発するなど、世界はさまざまな危機に見舞われた。

世界と日本の変化に戦きながら、私の心身も変調を来たした。パンデミックが収まるとともに、心身は平衡を保つところまで戻ったようだが、世界の変動はとどまるところを知らず、コンピューターは身体や生活に深く入り込んでもいる。

いささか大仰な物言いから始めたが、本集はこの三年半余の時代の中での私のつぶやきのような歌を集めたものであり、『三年有半』と題したゆえんである。収めた歌は歌誌「音」をはじめ、雑誌、新聞などに発表したもので、歌集にまとめるにあたって組み直したり語句を変えたりしたところもある。虚実を交えてものであるが、私の歌の中では比較的体験に即したものが多く、日誌的なものとなっているかもしれない。もとより自らの心覚えのためのものであり、それを出るものではない。なお、前の第六歌集『薄明の窓』は二〇一五年までの作を収めている。本集までの四年余の作はいつかまとめる機会をもちたい。

さて、遅遅とした歩みながらも、長く短歌を作り続けてこられたのは、創刊四十年を迎えた「音」があってのことです。皆様に心より御礼申し上げます。また歌集を編むにあたっては、前歌集に続いて砂子屋書房の田村雅之様にお世話になり、また倉本修様の装幀で飾らせていただきました。とてもうれしい。ありがとうございました。

二〇二三年　師走

内藤　明

歌集　三年有半（音叢書）

二〇二四年三月一三日初版発行

著　者　内藤　明

発行者　田村雅之

発行所　砂子屋書房
東京都千代田区内神田三―四―七（〒一〇一―〇〇四七）
電話　〇三―三二五六―四七〇八　振替　〇〇一三〇―二―九七六三一
URL　http://www.sunagoya.com

組　版　はあどわあく

印　刷　長野印刷商工株式会社

製　本　渋谷文泉閣